사랑했을 군이나

사랑했을 뿐이다

인물시

그리고 시가 시인에게로 갔다 ①

강인한 외 | 이인 그림

문학나무

시인과 화가가 함께 그린 초상화

시인도 초상화를 그릴 수 있을까? 전기를 쓸 수 있을까? 기획의 출발점은 이것이었다.

문학이 궁극적으로 인간에 대한 이해와 연구일진대 시로써 인간을 제대로 그릴 수 있다면 그 시는 언어로 그린 초상화가 될 수 있을 것이다.

그래서 여기, 인물 창조에 나선 시인들이 있다. 전시대에는 '전형적 인물의 창조'가 소설가의 특권이었지만 지금 이 시대에는 시인도 얼마든지 실존인물을 형상화할 수 있다.

전기작가가 책 한 권을 통해 어느 인물의 생애를 쓸 때 시인은 그 인물의 단면을 한 편의 시로 스케치한다. 그 인물의 특징을 한 편의 시로 요약, 정리한다.

우리는 28명의 시인(소설가 1명)에게 인물 소재 시를 청탁하여 52편의 시를 받았다. 시인들에 의해 그려진 초상화는 한용운과 서정주, 박목월 등 선배문인이 압도적으로 많았지만 최불암 · 손예진 같은 연예인, 장사익 · 조수

미·김광석 같은 가수도 있었다. 시인의 평범한 주변인물도 있었고 머플러가 차 뒷바퀴에 빨려 들어가 목뼈가 부러져 죽은 무용가 이사도라 덩컨, 모딜리아니가 폐결핵으로 죽자 임신한 몸으로 그 다음날 건물 6층에서 투신자살한 그의 아내 잔느 에뷔테른, 처형 직전 두건 씌우기를 거부하며 눈을 뜬 채 의연히 죽은 이라크 대통령 후세인도 있었다. 인물시집의 대상이 된 이는 예수에서부터 황진이까지라고 할 수 있으니, 얼마나 많은 다양한 인물인가.

시만 있는 것보다는 시와 그림의 조화가 더욱 바람직할 것이다. 편집회의 결과 우리는 이인 화가에게 이 모든 이들의 초상화(캐리커쳐)를 그려줄 것을 부탁했다. 화가는 몇 달에 걸쳐 혼신의 열정으로 각 인물의 특징을 잡아 한 컷 한 컷 그려나갔다.

국내에서 처음으로 발간하게 된 이 '인물시집'은 여기서 끝나는 것이 아니다. '문학나무사'는 시인들이 인간 연구를 할 수 있는 큰 마당에 이제 한 장의 자리를 깔았을 뿐이다. 앞으로 『젊은시』 『젊은소설』과 더불어 매년 1권씩 발간될 인물시집에 독자들의 관심이 집중되기를 기대한다. 인물시는 시인의, 인간에 대한, 인간을 위한 문학이다.

2008년 겨울
『문학나무』 편집위원 일동

사랑했을 뿐이다

| 차례 |

노래했을 뿐이다

| 차례 |

이인 _ 화가
동국대학교 예술대학 졸업 및 동대학원 졸업
개인전 13회(가람화랑, 샘터화랑, 미술회관, 금호미술관 등)
hommage100(코리아나아트센터)
그림, 문학을 그리다(북촌미술관)
역사와 의식, 독도진경전(서울 옥션스페이스)
남한강, 자연과 역사(학고재화랑)
시카고 아트페어(미국 네이브피어)
대한민국 미술대전 비구상부분 심사(2003)
국립현대미술관, 경기도미술관, 외교통상부,
제주현대미술관 등 다수 작품 소장
산문집『색색풍경』

homepage：www.inistudio.net

인물시 | 그리고 시가 시인에게로 갔다 ①

사랑했을 뿐이다

1쇄 발행일 | 2009년 1월 5일

시 _ 강인한 외 | 그림 _ 이인

지은이 | 강인한 외
펴낸이 | 황충상
펴낸곳 | 문학나무

출판등록 | 제300-1991-1호(구:2-1111) 1991. 1. 5.
주소 | 110-809 서울 · 종로구 동숭동 15번지
TEL 02-3676-4588 FAX 02-3673-4577
이메일 | mhnmoo@hanmail.net
ⓒ 강인한 외, 2009

값 8,500원
잘못된 책은 바꾸어 드립니다. 지은이와의 협의로 인지는 생략합니다.
무단 전재 및 복제를 금합니다

ISBN 978-89-92308-21-2 03810
        978-89-92308-20-5 03810(세트)

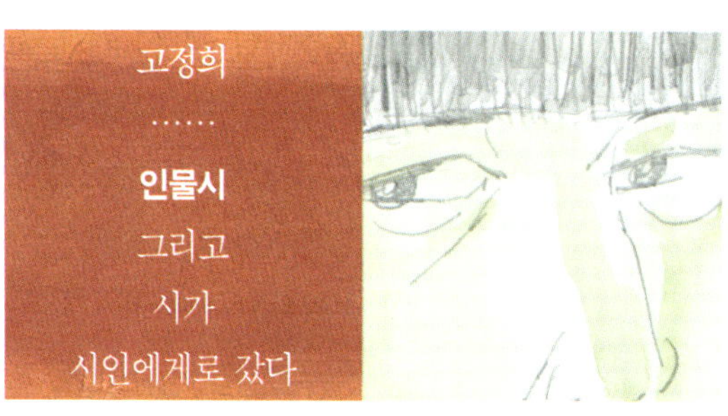

시작 노트 | 고정희를 강인한이 쓰다

고정희高靜熙(1948~1991) 시인을 처음 만난 건 1979년 봄이었다. 그 해 5월 국효문, 고정희, 허형만, 김종 그리고 나, 다섯은 『목요시』 동인지를 창간하였다. 고정희 시인은 당시 광주 YWCA의 간사였다. 첫 시집 『누가 홀로 술틀을 밟고 있는가』를 배송되어 온 꾸러미에서 꺼내어, 출판사로 직접 보내졌기에 읽어보지 못했던 시집의 발문을 읽고, 그녀는 너무나 어처구니없는 시 해석에 기가 막혀 어쩔 줄 몰랐다. 시집 도처에 나오는 모성 상징의 '자궁' 이라는 시어로 인하여 마치 시인이 섹스만을 추구하는 여성으로 비쳐졌기 때문이었다. 면도칼로 시집의 뒷부분에 붙은 '발문'을 동인들과 함께 모두 잘라내는 작업을 하지 않을 수 없었다. 언젠가는 내게 동성동본의 결혼에 대하여 진지하게 고민을 상담해 온 적도 있었다. 생각해 보면 외모가 남자들의 눈을 끌지 못하였을 뿐, 고정희 시인만큼 목소리가 아름다운 여성을 나는 만나본 적이 없다.

고정희

누가 홀로 술틀을 밟고 있는가
깊은 밤 미혼모가 아기의 탯줄을 혼자 끊는 것처럼
이하석의 발문을 잘라내고 잘라낸다
거지 같은,
거지 같은 비가 내리고
동성동본의 밤이 흘러서 술잔에 넘쳐
모차르트를 들어도 배고프다, 어쩌면
해남에서 안산을 거쳐 필리핀에 이르기까지
푸르른 치욕의 나날이었으니
눈물도 사치다, 작두날을 타는 여인이여
우리들의 슬픈 어머니여, 등 떠밀려 칼을 들었으나
아마조네스의 전사로 태어나고 싶어
대지의 자궁에서 뻣뻣이 일으켜지는
온갖 풀과 나무와 짐승과 한 몸으로 살고 싶어
오 어머니 당신은 왜 여자였나요
시뻘건 비가 내리고
유월의 밤꽃 향기 징그러운
지리산 물소리, 별들을 안고 쏟아지는 저 물소리를
온몸으로 받고 싶어 온몸으로.

시작 노트 | 고현정을 구회남이 쓰다

동국대학교 연극학과를 나온 고현정은 1989년 미스코리아 대회에서 '선'으로 뽑힌 미녀 탤런트이다. 백상예술대상 신인연기상과 SBS 연기대상과 빅스타상, SBS 연기대상과 10대 스타상을 탄 연기파 여배우이다. TV 드라마의 수준을 높인 그녀의 팬이다, 나는.

고현정

꽃이 대물*이 됐어요

모계사회인데 당연하죠

미모면 다 됩니다

선善하기까지 하잖아요

혜림이라 불러주세요

하늘이 내신 겁니다

모자를 쓰고 방망이로 쾅쾅 세 번씩 두드리고

총도 좌지우지할 수 있습니다

지난날 맞은 소낙비는

빛나는 낯을 주었고

상자 안에 나타나면

기둥들은 휘어지고, 기우뚱하며

앞에서 울다 웃다 합니다

니체의 "혼자서 가라"에

같이 가자고 하지 마십시오

정동진의 소나무를 지나치며

시도 읊어 보았고 바람에 머릿결이 흩날렸고

노을빛에 동공도 붉었지만
이젠 퀸으로 호통을 칠 수 있습니다
제비족 G군은
미녀들의 수다의 미녀와 당신 사이를 갈팡질팡하고
굴뚝에서는 연기가 납니다

*대물 : 만화가 박인권 화백의 작품.

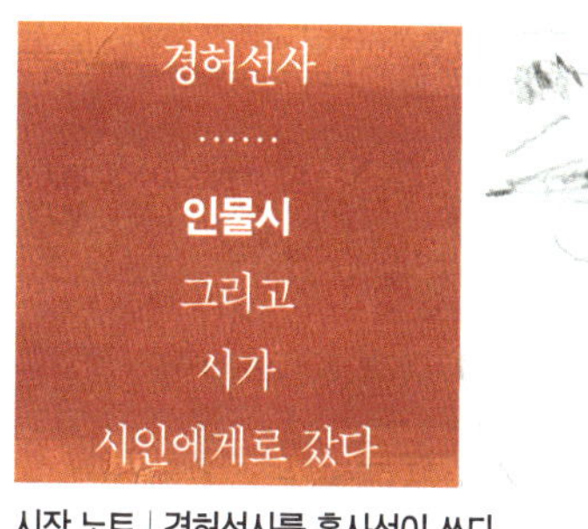

시작 노트 │ 경허선사를 홍사성이 쓰다

경허는 선禪보다 더 선적으로, 시詩보다 더 시적인 삶을 살다간 선사다. 한때는 해인사 주지를 하면서 누구보다 존경을 받았다. 그러던 어느 날 갑자기 종적을 감추어버린다. 제자 만공滿空이 스승의 흔적을 찾아 나섰지만 그가 나중에 들은 말은 반승반속으로 살다 죽었다는 소문이었다. 절로 가는 것을 출가라고 하거니와, 경허는 그 절에서 나왔으니 '출출가出出家'를 단행한 셈이다. 경허선사가 왜 그런 선택을 했을까. 무엇이 그를 아무도 모르는 삼수갑산으로 숨어들게 했을까. 누가 과연 이 알량하고 남루한 것들을 벗어던지고, 출출가는 아니더라도 도망이나마 칠 수 있을까.

경허선사

경허鏡虛,

그 천하의 진문둥이

콧구멍 없는 소가 돼

미친 여자와 하룻밤 동침했지

더 이상 밭 갈기 싫어

삼수갑산으로 도망갔지

빈 거울마저 깨버리고

날마다 밤마다

줄 없는 거문고나 뜯었지

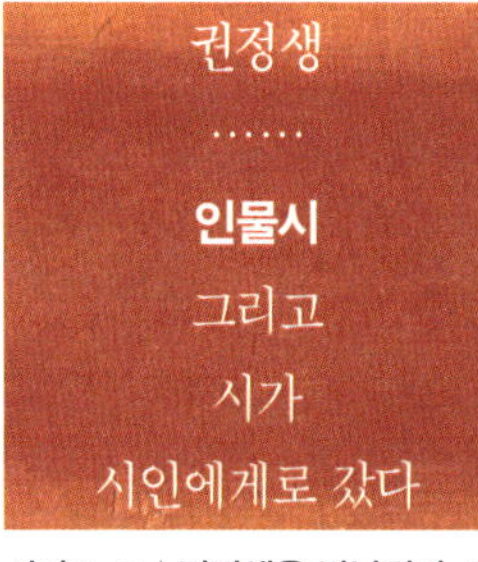

시작 노트 | 권정생을 박남희가 쓰다

나는 동화를 쓰는 동화작가가 아니지만, 권정생의 동화를 좋아한다. 특히 그가 지금까지 살아오면서 겪었던 지난한 삶을 진솔하게 그린 동화들은 젊은 작가들이 발랄한 상상력으로 지어낸 어떤 동화보다도 감동적이다. 그는 평생 독신으로 살면서 버림받고 가난한 작은 존재들에 대한 무한한 관심과 사랑을 보여주었다. 그는 물신주의가 팽배한 세상에 물들지 않은 맑은 영혼으로 세상을 정화시켜온 몇 안 되는 인물에 속한다. 어른이면서도 아이보다 더 천진했던 아름다운 영혼은 안타깝게도 지난해에 먼 길을 떠났다. 이제는 아주 만나볼 수 없는 사람이지만 그 이름은 지금도 내 마음 속에 살아서 종종 어두워지는 내 마음을 밝게 비춰준다.

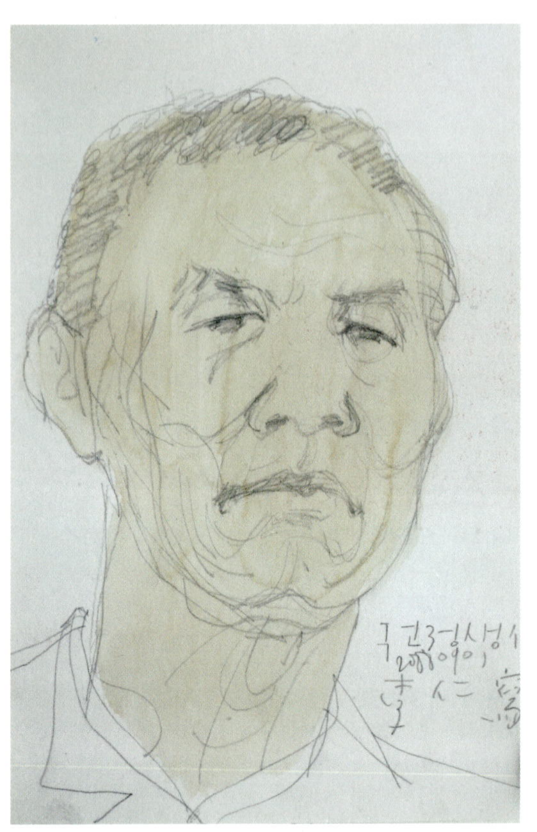
구건영선생임
2008.09.01
喜仁 寫

권정생

나는 세상에서 가장 큰 아이를 알고 있다
덩치가 큰 것이 아니라
사랑의 마음이 가장 큰 아이,
사람들의 가슴 속에 따뜻한 생명을 불어넣으며
우주처럼 점점 크게 자라나는 아이를 알고 있다

일제시대 가난한 노무자의 아들로 태어나
가난 때문에 나무장수 고구마장수 등을 하며 떠돌다가
결핵에 걸려 고생을 하고 마을 교회 종지기 생활을 하면
서도
열심히 동화를 써서 가난한 어린이를 돕고 싶어했던
어른이면서도 아이보다도 더 맑은 영혼을 가진 아이,

권정생

자신이 직접 지은 작은 오두막집에서
강아지 한 마리와 가난하게 살면서도
평생 인세로 받은 돈 10억을
북한 어린이를 위해 써달라는 유언을 남기고
먼 나라로 소풍간 아이,

강아지똥이나 몽실언니와 함께
지금도 수많은 아이들 가슴 속에서
밝게 웃고 있는 아이,

세상의 모든 어둠을
골 깊은 주름골짜기에 담아
세상에는 아름다운 햇살만 남겨놓고 떠난
일흔 살 선한 눈빛의 아이를 알고 있다

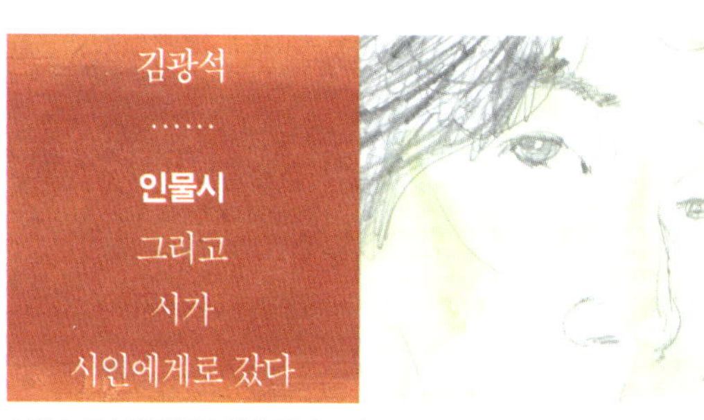

시작 노트 | 김광석을 한우진이 쓰다

내 아내에게는 요즘 들어 즐겨듣는 노래가 생겼다. 그 노래는 오래 전부터 고여 있었다. 고여 있다가 어느 날 청량한 물줄기로 내 앞을 지나갔다. 처음 버스에서 듣고 김광석도 울었다는, 「어느 60대 노부부의 이야기」, 그렇게 절절하게 부르고 우리에게 진한 눈물을 줬음에도 막상 그는 그걸 누리지 못하고 갔다, 그는 세계일주로 쓸 오토바이도 사지 못했다. 왜 튼튼한 날개를 접었는가. 그는 돌이었지만 새였다. 돌에다 노래를 새기는 새, 금빛 나는 새, 새 한 마리가 날아갔을 뿐인데 왜 봄은 이다지도 흐리단 말인가. 지난 1월 6일 그의 12주기에 내 아내와 딸은 어렵게 표를 구해 학전소극장의 '김광석 다시 부르기'에 갔다. 내 좌석을 딸에게 주고 나는 극장 밖에서 장장 세 시간을 떨며 중계되는 모니터를 지켜봤다. 여지없이 그 노래 대목에서 아내가 울었다고 딸아이가 귀띔해 주었다. 그렇다고 아내에게 빚을 다 갚은 건 아니다. 30년 넘게 시 쓰다 말다한 것도 모자라 제도권 등단 후 제대로 된 시 한 편 못 쓰고 술에 택시비에 벌금에 복무했다. '주득시자성酒得詩自成 — 술에 절면 시는 저절로' 이따위 소동파 한 줄을 김광석의 노래를 앞세워 파破한다.

김광석

공중에 돌이 떠 있다

사랑했을 뿐이다, 노래했을 뿐이다

돌 속에 든 등잔의 혈관이 터진다

죽은 심지에 노래를 댕긴

돌이 공중에 떠 있다

흐리거나말거나 밤낮으로 빛난다

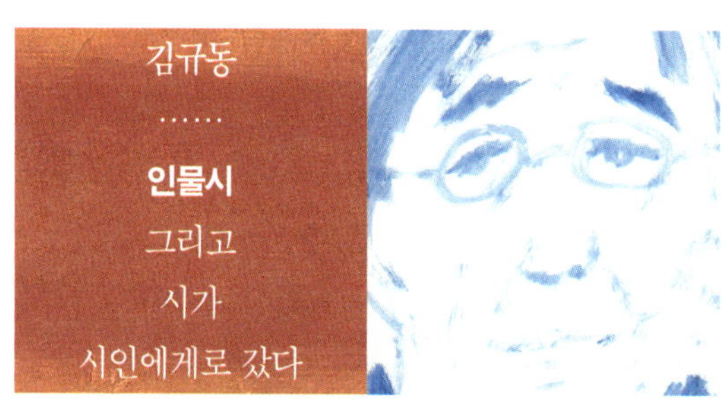

시작 노트 | 김규동을 강인한이 쓰다

「김규동金奎東 통일 염원 "시각전詩刻展"」을 보게 된 것은 2001년 2월이었다. 화가가 목판에 새겨 그림을 전시하는 건 몰라도 시인이 시를 목판에 새겨 전시하는 건 도저히 상상이 가지 않았다. 전시회 팜플렛 첫 장에 시인이 작업하는 모습의 사진이 보였다. 파란 운동모자를 쓰고 머플러를 목에 두른 시인은 돋보기를 쓰고서 송판에 엇비슷 조각도를 대고 조심스레 망치질을 하고 있었다. 컴퓨터 자판을 두드려 시를 쓰는 세상임을 생각하면 요즘 종이에 볼펜으로 시 한 편을 쓰는 것도 드물게 볼 것이다. 하물며 칼끝으로 글자 한 자 한 자를 새긴다는 것은 실로 피를 찍어 시를 쓰고, 혼을 넣어 말을 짓는 것이 아닌가. 무릇 이 나라에서 모국어로 글을 쓰는 모든 시인, 작가라면 김규동 시인이 칼끝으로 시를 새기는 작업을 항시 가슴에 새겨두어 마땅할 것으로 생각하였다.

김규동

그는 오십 년 햇볕에 삭아
흰 뼈로 남았다
설악산 케이블카를 타고 올라가 보라
권금성 바람 세찬 산정에
깡마른 그의 정신이 하얗다
아니 한사코 북으로 뻗은 가지는
눈보라에 꺾여져
남으로 남으로만 향한 고사목 가지
처절하다
오십 년 동안 가지 못한
그의 고향 경성이 칼끝에서 눈을 뜬다
피로 토해내는 그의 언어가
오랜 세월 그 노동의 칼끝에서
살아난다
한 푼만 빗나가도
그의 말은 천 길 나락으로 떨어진다
그는 지금 깡통으로 찌그러져
위험하게 남아 있다
빈 깡통 속의 어둠
아 채워지지 않는 깡통 속의 갈증으로

그는 버티고 있다
흰 뼈의 고사목
그렇게 살아온 오십 년이었다.

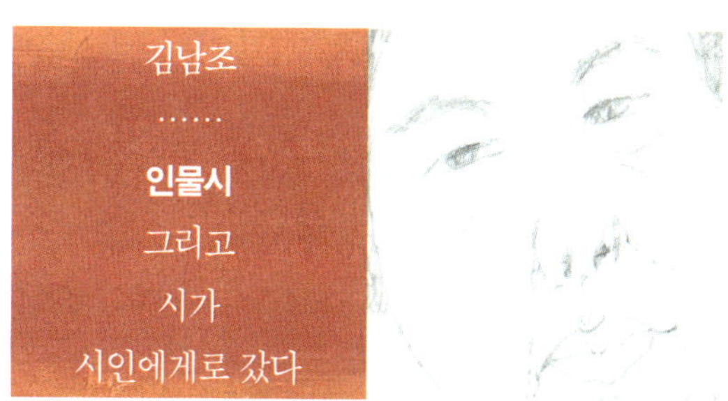

시작 노트 | 김남조를 정일근이 쓰다

뇌수술을 받고 모든 것을 잃어버렸을 때 내가 받은 최고의 선물
은 시인 김남조 선생님의 전화였다. 서울, 좁고 복잡한 문학행사
장에서 단 한 번 목례를 나눈 인연뿐이었는데 은현리 산골까지
전화를 거셔서 주신 축복의 말씀. 김남조 선생님의 선물이 있어
나는 다시 서정시인이 될 수 있었으니 나는 그 이름을 언제나 경
외한다.

김남조像

김남조

깊은 밤에 시인이 처음으로 전화를 주신 그날
뇌수술을 받았는가를 물으셨다
예라고 대답했다
아직도 치료를 받고 있는가를 물으셨다
예라고 대답했다
시인은 예언자처럼 말씀하셨다
신이 사람에게 고통을 줄 때 선물도 함께 준다
신이 당신에게 주신 선물은 시詩다
그날 나는 신으로부터 선물을 받았다
그날 나는 다시 시인이 되었다

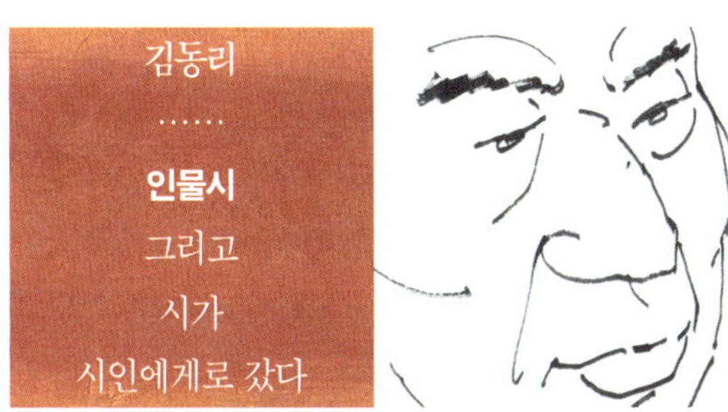

시작 노트 | 김동리를 손진은이 쓰다

여섯 살 이후로 평생 죽음을 화두로 살았다는 거인을 문단에서 가진 행운을 우리는 누리고 있다. 하늘의 별을 볼 적마다 죽음을 숨쉬었다는 그의 핏줄에는 이승과 저승이, 이 땅 신과 저 땅 신이 격렬하게 솟구쳐 흐르고. 마침내 그의 혼마저 은하가 되어 하늘을 떠돌고 있다.

김동리

젖이 부족하던 아이의 손톱 속에는
세 살 때부터 아버지 드시고 난 술대접에 손을 대던 아
이,
옆집 선이의 죽음으로
여섯 살 때부터 평생 죽음을 화두로 삼게 되었다는
조숙한 아이의 손톱 속에는
이유 없이 앓아눕고
혼자 산과 들을 배회했다던 아이의 손톱 속에는
모시물이 들어 있었지
먼 신라적 모시물이 들어 있었지
그 반달 손톱 속으로
연신 잦아들던 이승과 저승의 가지
이 땅 신과 저 땅 신의 기운
화랑이며 등신불의 숨소리
그득히 차오르면
숨 모아 뿜어내고
또 차오르면
다시 숨 모아 뿜어내고
마침내 치렁치렁 테두리를 뻗쳐나가던 우리네 산과 들
예수와 사반, 역마와 까치소리

그 아이의 손톱 속에는
부모형제와 이웃사람의 얼굴
하늘의 별을 볼 적부터
죽음을 공기처럼 숨쉬었다던
고춧가루보다도 얼지도 않는 바다보다도
더 맵고 짠
그 아이의 손톱 속에는
사람과
산천의 혼을 울리는
징소리와
입김과
울음과
목소리로 스민
은하의 모시물이 들어 있었지

시작 노트 | 김용직을 정숙자가 쓰다

아와로키테슈와라(Avalokitesvara–산스크리트 이름)는 티베트
자비의 붓다이다. "우주 곳곳에서 중생을 보살피는 천 개의 눈
과 천 개의 손을 가지고 있다(소걀 린포체,『티베트의 지혜』)"고
한다. "아미타불의 화신이자 서방정토에 거주하며 모든 곳을 자
애롭게 굽어보는 보살(톰 로웬스타인,『붓다의 깨달음』)"이다.
스승이 내게 글눈 한 알을 베푸셨으니 어찌 관음을 보았다 말하
지 않을 것인가.

김용직
아와로키테슈와라

옷깃을 여미고 이 편지를 씁니다. 1994년 1월. 단시집 『감성채집기』 해설을 써 주십사고 찾아뵈었을 때 선생님께선 "원고를 본 후 결정하겠다." 단호하셨지요. 「개구리 꽈리 부는 모내기철엔/농부들 연등처럼 못줄에 피네」– '대본' 이라는 그 한 편이 있어, 결국 쓰시겠다 했지만 대부분의 시를 '고쳐라' 못 박으셨지요. 오로지 전통주의자였던 제게 현대 시는 너무도 딱딱했습니다. 도무지 내키지 않았습니다. 그렇지만 왜 시를 그토록 비틀어야 하는지 까닭도 모른 채 물러설 수는 없었습니다. 괴기법怪技法의 정체가 정말 궁금했습니다. 본격적으로 이론서들을 읽으며 선생님의 강의를 청강하러 다닐 때, 마흔세 살이나 후린 제가 학부 학생들 틈에 군학일계群鶴一鷄로 끼었을 때, 청력이 약하다는 이유로 매번 앞줄에 앉아 눈을 껌뻑거릴 때…… 저는 두 세상을 살았습니다. "전면개고. 한줄 더. good. 확충. 교체. 좀더 크게. 3행정도 더. 2행으로. 2행 추가" 등등 혹독하신 체크에 피가 말랐습니다. 그러나 가끔은 very good. excellent!도 주셨기에 힘을 추스르곤 했지요. 제 문투가 한 껍질을 벗기까지는 그로부터 십여 년이 흘렀습니다. 천수천안관세음이란 어디 계시는 누구일까요! 스승님은 몇 번째 팔이며 몇 번째의 형안일까요! 아니 스승님이 곧 아와로키테슈와라

(Avalokitesvara)는 아닐까요! 또 한번 1월이 왔고, 새로운 봄이 새벽길을 날아오고 있습니다. 부-디 건강하세요. 보다 나은 시 한 편을 짓는 날까지 촛불을 끄지 않겠습니다. 지난 날 하나하나 틔워주신 눈금들이 시시각각 저를 다잡아 줄 것입니다.

시작 노트 │ 김유신을 고운기가 쓰다

존경하는 사람을 대야 할 자리에 엉뚱하게 비꼬는 글이나 썼으니 어울리지 않는다. 역사상 훌륭한 평가를 받는 인물도 실상은 어정쩡한 데가 있는 법이고, 더 문제는 그것을 좋아라고 칭찬하는 일이다. 옛날 사람을 끄집어냈지만, 지금 사람이라고 하나도 다를 바 없다. 남 가지고 희롱하기란 심히 부담스러운 바, 모든 것을 거꾸로 생각해 주시길.

김유신 像

김유신

심심한 옛날이야기 한자리 들어보실라우

천하의 청백리 황희 정승도 아들은 어쩔 수 없었던지
이 댁 셋째아들이 호주에 호색이라
하루는 건케 취해 비틀거리며 들어오는 아들을 보고 정
승이 큰절을 했다네
아버님 이게 웬일이십니까
아버님이라니, 나는 당신 같은 아들 둔 적 없고
웬 손님이 오시길래 예를 갖췄을 뿐이라오

뒤통수 맞은 셋째아들
그래서 정신 차리고 마음 다잡아 먹었다는데

버릇이야 어디 갈라고
마다는 사람 끌고 가는 친구 따라 할 수 없이 한두 잔 한
게
또 지나치고 말았겠다
취중에도 집에는 가야 한다 싶어 말리는 친구 뿌리치고
말을 탔는데
말 위에서 잠시 꿈을 꾼다는 게 그냥 꼬박 잠이 들어

깨어보니 아침이요 옆에는 아리따운 아가씨

이게 웬일이냐
웬일이라니요, 간밤에 함뿍 취해 오셨길래 겨우 재워드
렸구면
정신 차려 헤아리자니 제 뜻 아니라 말이 한 짓
주인네가 늘 가는 길로 말은 발걸음을 옮겼을 뿐인데
그곳이야 의당 단골 기생집이었겠다

화가 치민 셋째아들 마구간 달려가서 말의 목을 쳐버렸
다는 이야기

여기까지 듣다 보니
어라, 이건 김유신과 천관녀 이야기 아닌가
생각하실 분 많으시겠으나
옛날 연변 살았던 이야기꾼 황구연 씨는 분명 황희 정승
셋째아들 이야기라 하고

김유신이면 어떻고 황희 정승 아들이면 어떨까
나는 적이 생각하니 불쌍한 건 그저 말뿐이라

제 놈이 술을 먹건 말건
2차로 기생집에 가건 말건
제 좋아 한 일을 군말 없이 따른 말이야 무슨 죄가 있다
고 목을 친단 말인가
잘난 김유신
대단한 황희 정승 셋째아들.

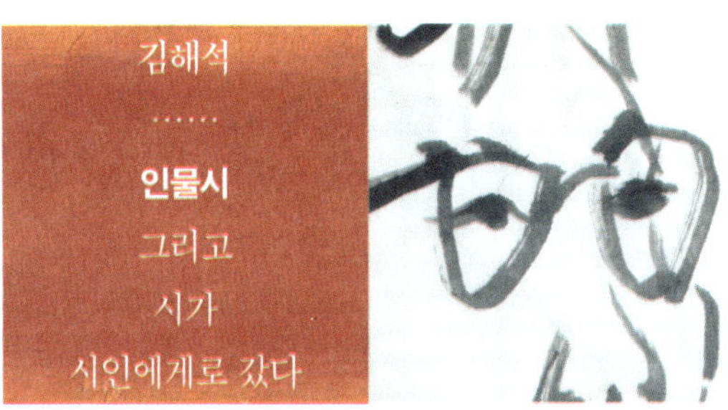

시작 노트 | 김해석을 김종섭이 쓰다

김해석 시인은 청마靑馬 유치환 시인이 경주중·고등학교 교장 재직시 그 학교의 영어교사였고, 청마 선생이 결성한 「청맥」 동인이었다. 당시 청마 선생은 『현대문학』지의 추천위원으로 김해석 시인을 2회까지 추천하던 중 교통사고로 별세하셨다. 그로 인해 김해석 시인은 종천을 받을 수 없는 처지가 되어 한동안 문학을 접고, 의술을 전공하여 의업에 전념하시다 중년이 넘어서야 시단 활동을 하게 된 분으로, 나의 중학교 때 은사이기도 하다.

김해석

코끼리 걸음으로

청마靑馬시단의 마지막 문도

화룡점정畵龍點睛의 결행을 미뤄둔 미완未完의 그릇 속에

아직도 한 마리 코끼리 가둬놓고

그는 큼직한 눈 껌뻑이며 푸른 눈물로 참회록을 적는다.

희수喜壽를 넘긴 연치에도 상아처럼 희고 단단하다

그리고 가지런하다.

아직도 그분의 시를 제대로 해독하지 못 한다.

그러나 그는 보여준다.

누구보다 시인다운 자유인의 모습으로 걸어온 여정을

수행과 적선으로 닦인 무욕의 동안童顔

코끼리도 담는 넉넉한 그릇의 크기를.

대기만성, 공허의 풍요.

부라린 눈, 치켜든 눈썹, 꼭 다문 입술

분개나 고집 뒤에 감춰진 인자함은

금강역사의 모습을 빼닮은 천생 신라인의 얼굴이거나

깨어진 와당 조각에 새겨진 여인

탐심의 그늘 없는 미소처럼

소박한 기품으로 경주를 사랑하는 코끼리 시인

이제 미완의 그릇을 깨고 나와

뚜벅뚜벅 미수米壽를 향해 걸어간다, 운명처럼 시를 씹

으며.

* '코끼리'는『현대문학』지에서 청마 선생의 추천작이며, 김해석 시인의 유일
한 시집명이다.

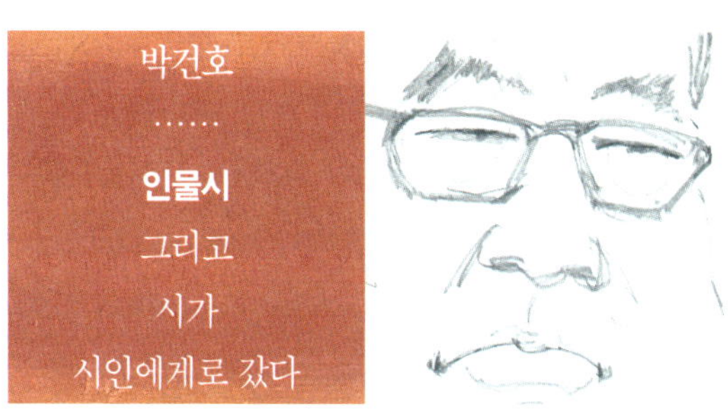

시작 노트 | 박건호를 구회남이 쓰다

1949년 강원도 원주에서 태어나 2007년 12월 9일, 지병으로 타계했다. 서정주의 서문이 실린 시집 『영원의 디딤돌』을 출간했고 「모닥불」을 발표하면서 가요 작사가 활동을 시작했다. 그는 『타다가 남은 것들』 『물의 언어로 쓴 불의 시』 『기다림이야 천년을 간들 어떠랴』 『나비전설』 등의 시집을 낸 시인이었다.

박건호

멀어져 가는 당신의 뒷모습을 보며
문단에 옷깃이 스친 삼삼한 날은 '슬픈 인연'

초등학교 3학년부터의 꿈을 버리지 못하고
반백 생에 늦깎이 시인이 되기까지
부르고 또 불렀던 노래는 '잊혀진 계절'

캘리포니아 호텔에서 시 낭송을 함께 한 2006년 겨울밤
미녀랑 '환희' 속으로 '빙글빙글' 사라지는 줄로 오해했
는데
'모자이크'였던 당신의 생.

발 사진 포토에세이 전시회에 퉁퉁 부은 두 발을 내다걸
고는
'걸을 수 있다, 기적이 일어났다'고 좋아하시던 모습은
영락없는 소년이었는데
톱으로 잘린 심장, 철사 줄로 묶인 가슴뼈로 살아내고
있는 줄,
뇌졸중에, 중풍에, 신장이식수술까지 받으신 줄 미처 몰
라

손 한 번 먼저 내밀어 나무의 결 한 번 만져드리지 못한
회한의 밤.

지난 1, 2년 '허수아비'로 나타나서 마지막 인사하는 것
인 줄,
'모닥불'로 피어나 새에게로 가는 길의 끝자락인 줄 미
처 몰랐던 나.
'내 곁에 있어주' 하신 당신,
2007년 12월 9일 우리 곁에서 먼저 떠나간 한 사내.
고독조차도 사치였던 당신 곁에 '모나리자'의 모호한 미
소를 띠며
'아! 대한민국' 인들은 황사 낀 하늘을 봅니다.

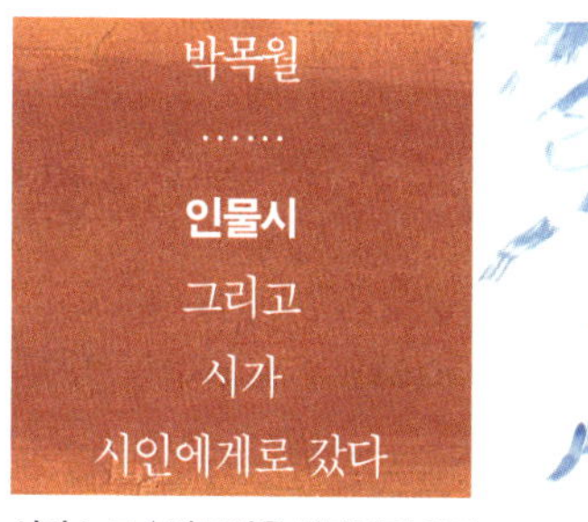

시작 노트 │ 박목월을 신달자가 쓰다

그렇다 지금도 나는 자주 원효로 버스를 타고 싶어진다 선생님
에게 사과를 봉지로 사 가지고 간 일 밖에 없는 무례를 참으며
발렌타인과 같은 좋은 술 한병 들고 빠른 걸음으로 힘있게 대문
앞에서 선생님! 하고 부르고 싶다

그립다는 말 오늘 오지다. 너무 뵙고 싶은 그리운 그 목소리와
미소를 시에서 나는 다 읊을 수가 없다

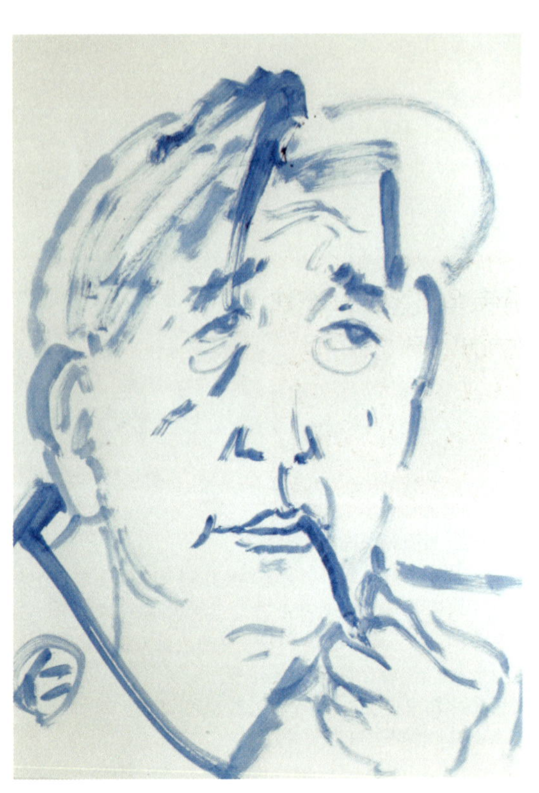

박목월

비 죽죽 오는 오늘 같은 날
원효로 버스를 타고 싶다
바람 무지하게 부는 오늘 같은 날
원효로 버스에서 내리고 싶다
마음도 몸도 억시게 아픈 날
원효로 골목길 그 집의 대문을 열고 싶다
신군 아이가?
그 부드럽고 다정한 목소리로 앓는 몸을 덮고 싶다
싱겁고 구수한 메밀묵을 안주로
소주 한잔 하고 싶다
발렌타인 30년 들고 가
선생님께 권하고 싶다
이런 술도 있었나?
놀라며 반가운 그 미소를 만나고 싶다
참말로 조타아
이별맛도 아이고 사랑맛도 아이고…
시맛입니까?
한병 더 마셔봐야 알것다 참말 조타아아
가슴 쓸어 내리는 그 목소리 마시고 싶다
금방 아련히 취할 것 같다

내 눈물 그 뺨에 문지르고 싶다
원효로 2층
어젯밤 쓴 시라시며 읽어주시던
지금 쓰는 것이 대표작이라 하시던 그 목소리 붙잡고
봄날이 간다를 부르고 싶다
때로 하느님도 선생님으로 부르는 내 어리광이 덧나
오늘은 선생님을 아부지 아부지 하고 부르고 싶다
아부지이- 목월 아부지이—

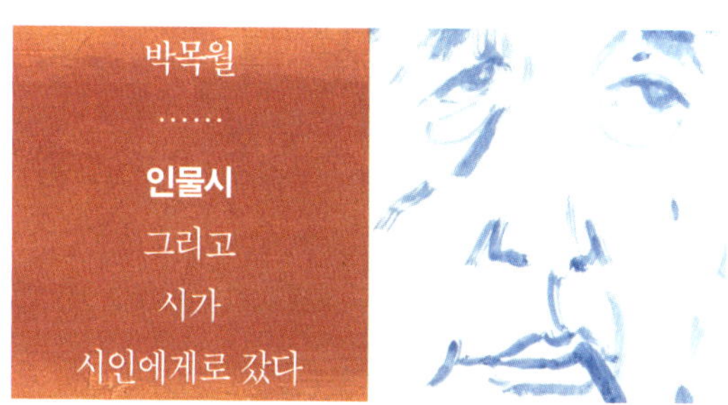

시작 노트 | 박목월을 김성춘이 쓰다

나는 경주의 〈동리목월문학관〉에서 산다. 일을 하다가도 틈만 나면 2층 목월관으로 올라가 목월 선생을 만난다

목월 선생 생전의 肉聲詩를 듣는다 낮고 유정한 목소리다 선생님이 곁에 계시는 듯 환상 같다 서가에 꽂힌 연필로 쓴 노트들을 물끄러미 본다 가끔 놀란다 그 엄청난 퇴고 노트에. 시만 생각하고 사셨다 전력투구다

릴케를 사랑한 박목월, 나의 라이너 마리아 木月!

박목월

경주 건천에서 원효로 종점까지

— 나의 인생은 언제나 적당한 거리에 가로등이 켜 있는 길 이었다

돌이켜 보면 지나 온 길 위에 그것은 열을 지어서 스크린의 한 장면처럼

끝없이 뻗쳐 있다? 내가 마음속에 神을 잃지 않는 한, 혹은 詩를 놓치지 않는 한

— 박목월 「M으로 시작하는 이름에게」 중에서

경주 건천에서 원효로 종점까지
시인은 시만 생각하며 걸었다
朴. 木. 月
가장 시인다운 시인의 이름
시인을 부르면
향긋한 풀 냄새
대학노트에 몽당연필로
밤 깊도록 사각사각 영혼의 시만 썼다
크고 부드러운 손으로*
토함산 봄 눈 녹은 물에
발 씻는 한 마리 암사슴으로*
짱짱한 경주의 가을햇살 언어로

시의 한 절정을 걸었다

문수文數가 다른 지상의 아홉 켤레 신발을 위해*
저무는 종점의 불빛들을 위해
오냐 오냐 뭐락카노 니 뭐락카노*
툭툭 감겨 오는 영혼의 굵은 사투리로
배꽃가지 반 쯤 가리고 달 가듯*
연필로 유서 쓰듯 시만 썼다

은빛 하르르 쏟아지는
경주의 푸른 달밤
석굴암 가는 상수리나무 숲 사이
얼핏 나타났다 지워지는.

*표 차례대로 박목월의 「유고시집 제목」「산도화 · 1」「가정」「이별가」「달」
  중에서 인용

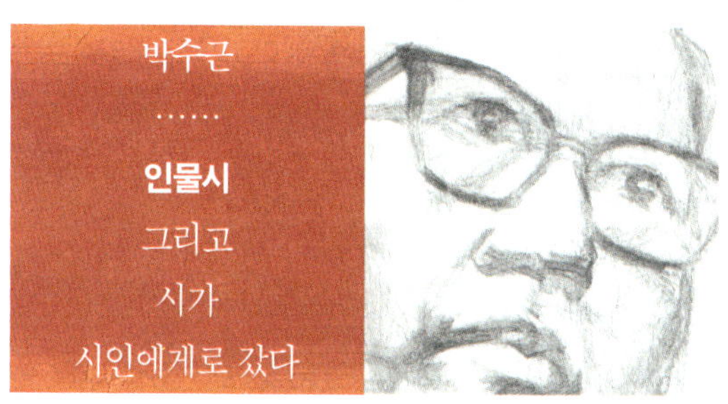

시작 노트 | 박수근을 반칠환이 쓰다

나는 실향민이다. 38선으로 갈라져서가 아니다. 어느 날 갑자기 내가 나고 자랐던 산과 들판이 대패질하듯 깎여 나갔다. 그 위에 콘크리트 수직 절벽들이 생기고, 낯선 사람들이 깃들어 산다. 현대인치고 실향민 아닌 이 없을 것이다. 박수근의 그림들은 때로 실향민인 나를 품어 주는 어머니이자 고향이다.

박수근像
20080901
李仁寫

박수근

#1 〈아기 업은 소녀〉
잠이 든 동생을 업고 고샅길에 나가서
장에 가신 엄마를 기다리던 중이었어요.
깜장 치마에, 깜장 고무신,
물만 안 새면 다행이었죠.
저도 선생님처럼 중학교 갈 돈이 없었지요.

#2 〈기름장수〉
나? 나이 서른에 청상 되고 행상이 되어
내 손금 같은 시골길 골목골목 떠돌았다우.
휘휘 수양버들처럼 팔 내두르며 걸었다우.
소태 같은 인생살이 냄새라도 고소하자고
참지름 병 달각 들지름 병 달각 지름장수 되었지.

#3 〈시장의 사람들〉
아, 맥고모자 쓴 사내 셋이 솥발처럼 앉아 있는 거?
그 옆에 노점 아낙에게 수작 거는 게 바로 나여.
주머니에 소 판 돈 깨나 있었거든.
하필 희떠운 소리 건네던 날 그릴 게 뭔가.
자네 그림 유명할수록 나는 세계적으루다 망신이네.

평생 아무도 주목하지 않는 가난한 서민들을
그리면서 박수근은 이렇게 중얼거렸다고 한다.
'나는 인간의 선함과 진실함을 그려야 한다는,
예술에 대한 대단히 평범한 견해를 가지고 있다.'

때론, 가장 낮은 곳이 가장 높은 곳이다.

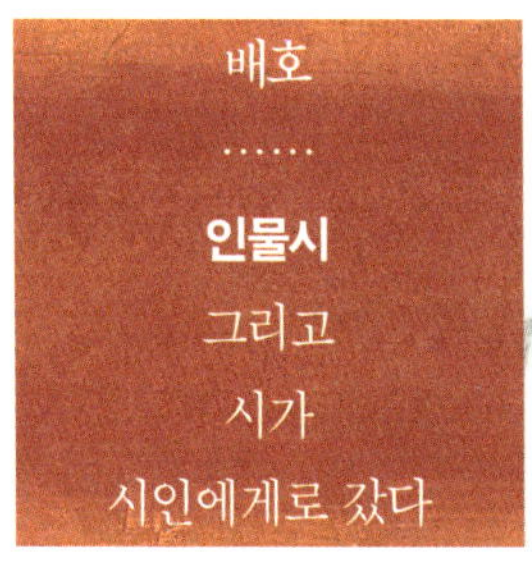

시작 노트 | 배호를 정일근이 쓰다

배호(1942~1971)는 내가 어렸을 때부터 지금까지 좋아하는 가수다. 나는 음치지만 배호의 노래만은 열심히, 정중히 부른다. 그의 노래가 좋아, 삼각지 로터리나 장충단 공원을 찾아갔다 온 적도 있다. 만 29세에 세상을 떠났지만 살아 계시다면 올해 66세. 멋있게 늙어가고 있을 그를 문득 문득 만나보고 싶은 날이 있다.

배호

배호의 노래를 듣거나 부를 때
그를 만나보고 싶다
차이 나는 나이쯤은 망년지교忘年之交하자며
그래서 형님, 배호 형님이라 부르며
맑은 소주 한 잔 권하고 싶다
삼각지 로터리 돌아가다가
안개 낀 장충단 공원 그 어디쯤
인심 좋은 족발집에서
안주로 돼지족발 푸짐하게 시켜놓고
그러다 대취해 술주정을 하면서

시작 노트 | 사담 후세인을 이승하가 쓰다

사담 후세인은 2006년 12월 31일 밤에 처형되었다. 군인 출신답게 당당하게 죽었다. 교수형을 집행하는 형리가 두건을 씌워주려고 하자 필요 없다면서 이를 뿌리쳤다. 그의 죄과는 차치하고라도 나도 그처럼 당당하게 죽음을 맞이할 수 있을까. 죽음만을 놓고 본다면 후세인은 예사인물이 아니다.

사담후세인
2008.9.03

사담 후세인

사형을 당한다면
떨어지는 칼! 참수斬首가 더 아플까
목 죄는 밧줄! 교수絞首가 더 아플까

너의 머리를 잘라야겠다 살로메가
세례자 요한의 머리를 잘라 쟁반 위에 올려놓았듯이
자른 머리를 보고 껄껄껄 웃어주어야겠다
목 졸려 죽은 사람들이
네―라는 대답도 못 하고 혀 빼물고 운다면
저승사자도 기절초풍하겠지만

후세인들에게
학살자의 말로가 어떤 것인지를 보여주기 위해
교수대에 너를 세워
목을 옭아매 죽이기로 했다
아랍의 영웅 후세인이여

2006년도 몇 시간 남지 않은 시각
수많은 사람이 폭죽 터지기를 기다리는 동안
보신각 타종 소리를 기다리는 동안

너는 허공에 매달렸다
두건을 씌우지 말라고 뿌리치면서
"미국인, 페르시아인들과 싸우라"*는 유언을 남겼다
순교자처럼 의연하게 독립군처럼 당당하게

나는 그날도 그 다음날도 무표정하게 잠자리에 들었고
무표정한 세상
죽기 직전의 그대만
표정이 살아 있구나
표정이

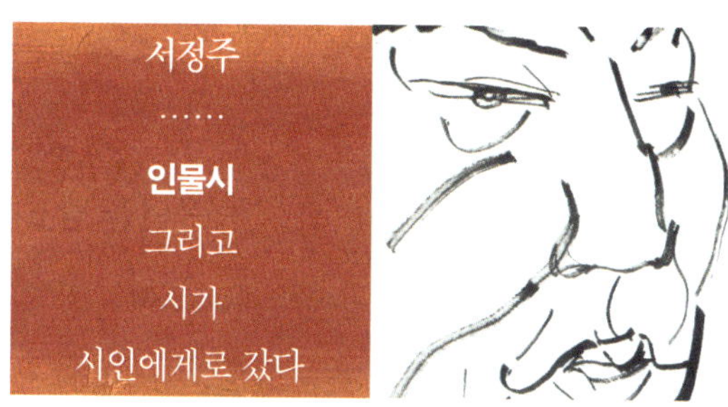

시작 노트 | 서정주를 손진은이 쓰다

유사 이래로 미당만큼 언어를 자재로 부려쓰는 이를 우리는 가져본 적이 있는가? 모든 유형한 것과 무형한 것, 혼 있는 것과 혼 없는 것에 생명을 불어넣는 간절한 풍류의 언어는 그 자체로 축복이다. 그래서 필생의 화두 '영원' 처럼 그는 우리 곁에 퍼렇게 살아서 있다.

서정주

그이는 아직 살아서 있다
어떤 말이든 붙잡아 놀리기만 하면
그대로 시가 되는
신화
그이는 아직 살아서 있다
모오든 살아 있는 것과
죽은 것에
혼 있는 것과 혼 없는 것에
삼국유사와 그리스 로마의 하늘
불경과 성서
그 동과 서에
바이칼 호수와 집 앞 감나무 대추나무에
두루 피를 나눠줄 줄 아는
마흔다섯이면
귀신이 와 서는 것이
보인다 하고
소나무 속엔
대한민국 농군들의 손이
대한민국 학생들의 눈이 들었다고 하는
인류의 5억3천2백만 년쯤을

우리의 하루로 당길 줄도
귀신하고도 상면할 줄도 아는
그이는 아직 살아서 있다
선운리 묘소 옆 소나무로 누워
일어나 말 걸고 싶어 안달을 하는
죽어서도 살아나
머리에 석남꽃 꽂고
한 서른 해만 더 살았으면 싶은
유구한 신라 사람의 머리칼로
지금도 바람만 불기만 하면
예쁜 계집애 배 먹어 가듯
해일처럼
백일홍 꽃처럼
막 물대올 것 같은 말로
그이는 아직도 우리 곁에 시퍼렇게 살아서 있다

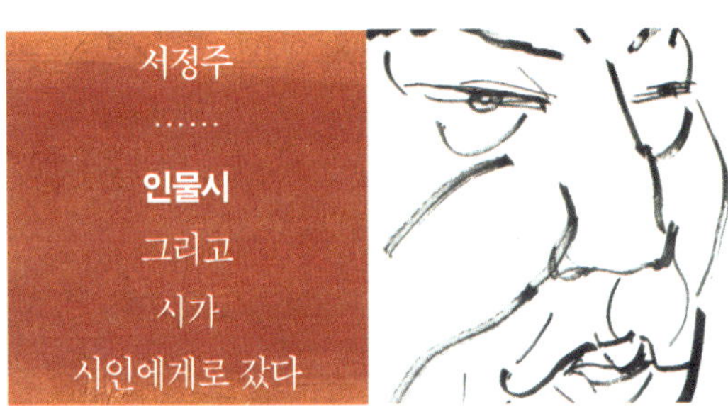

시작 노트 | 서정주를 정숙자가 쓰다

인물시의 본령이란 시적 대상자의 격과 품을 적실하게 그려내는 일일 것이다. 이 시에서 거기 맞게끔 중점을 둔 부분이 곧 3연이다. "나는 … 이슬 한 방울의 무게를 달아볼 생각은 못했어."라는 구절의 솔직과 겸손은, 한 획의 어긋남도 없는 사실 그대로이다. 그리고 "시는 누가 쓰든지 잘 쓰는 게 문제지 꼭 내가 써야만 되는 건 아니야."라는 말씀 역시 아무나 건넬 수 없는 대시인의 너그러움과 진리이기에 내 마음속 깊이 간직해온 좌표다. 미당(고이 잠드소서!)은 나를 등단시켰을 뿐 아니라 미래를 축복해주신 분이다. 그 온정을 어찌 다 펴 보일 수 있으리오. 이 시의 배경일자가 1990년 8월 18일이니 올해로 열여덟 해가 되는 것 같다.

서정주

선생님, 저는 어제 단시를 하나 지었어요
그래 뭐라고 썼지?
제목이 숙명인데요 이슬에 관한 내용이에요
외울 수 있으면 외워 봐
나무들 손끝으로 받는 이슬을 풀잎은 몸 굽혀 허리로 받
네, 예요
어디 뭐라고? 다시 한번 천천히 외워 봐
나무들~ 손끝으로 받는 이슬을~ 풀잎은 몸 굽혀 허리
로 받네~

그는 창밖으로 담배연기를 길게 풀어 보냈다 그리고는

"나는 육십 년 동안 시를 썼어도 이슬 한 방울의 무게를
달아볼 생각은 못했어. 시는 누가 쓰든지 잘 쓰는 게 문제
지 꼭 내가 써야만 되는 건 아니야."

라고 말했다 그날 이후
그 한마디는 내 문학인생에 주춧돌이 되었다
그날, 따라주신 맥주와 부라보! 웃음소리도
바위틈 난초로 뿌리내렸다

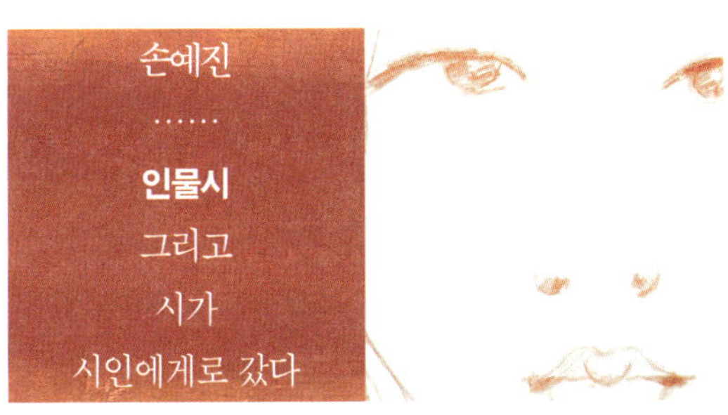

시작 노트 | 손예진을 박남희가 쓰다

어느 누군가를 좋아한다는 것은 남녀노소 느낌만 조금씩 다를 뿐 마찬가지인 것 같다. 올해 고3을 졸업하는 아들은 '소녀시대'를 좋아하고, 고 1이 되는 딸은 그룹 '클래지콰이'의 가수 '알렉스'를 좋아한다고 한다. 아내는 누구를 좋아하는지 물어보지 않아서 잘 모르겠다. 내가 인물시를 청탁받고 연예인 중에서 제일 먼저 떠오른 것이 손예진이다. 만인들의 첫사랑 같은 이미지를 가졌다는 배우. 물론 나와는 나이 차이가 너무 많이 나는 배우지만, 영원한 내 첫사랑 같은 이미지를 지닌 배우가 손예진이다. 아이들은 아빠가 주책이라고 놀려대지만, 이 땅의 한 시인이 한 여배우에게 호감을 가지고 그 감정을 솔직하게 시로 표현하는 것을 어찌 추하다고만 할 것인가? 물론 나는 지금도 아내를 제일로 사랑한다. 하지만 인생의 갈림길에서 만나게 되는 매혹은 종종 사랑과는 상관없이 내 마음을 어디론가 안내할 때가 있다.

손예진

덜컹거리던 바람이 머무는 곳이 이즈음이다

그동안 바람이 거쳐 온 정거장들은
참으로 아름다웠다

문희…정윤희…채시라…이영애…

지렁이처럼 기어가도
고속열차가 되어 전속력으로 달려가도
끝내 그냥 스쳐 지나간 이름들

아름답던 그 이름들을 지나 모처럼
청초한 간이역을 만났다

주변에 맑은 하늘과 향기로운 들꽃을 거느리고
아득히 먼 산을 바라보고 있는 그녀

그녀 주변에는
「무방비도시」「외출」「연애시대」「내 머릿속의 지우개」
같은

낯익은 이름의 간판이 늘어서 있고
그녀의 아름답고 촉촉한 눈빛은 언뜻
멈춰선 바람을 바라본다

덜컹거리던 바람은
이즈음에서 조금은 연착하고 싶어진다

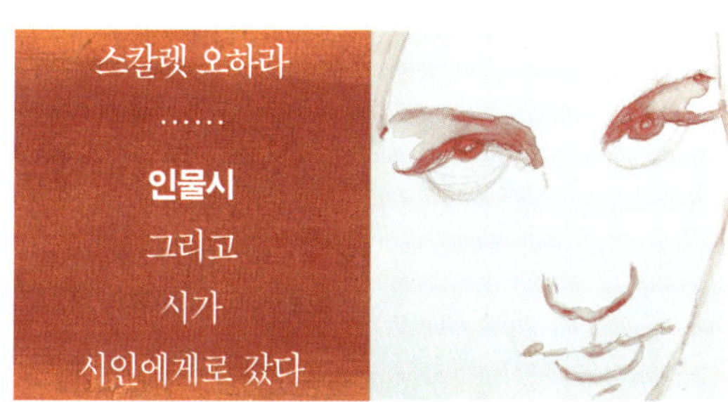

시작 노트 | 스칼렛 오하라를 이경림이 쓰다

소용돌이 속이었다.

절망과 배반과 허기와 욕망의 한판 전쟁, 6·25가 끝난 뒤 을지로의 한 양장점 시다로 시작해서 유명 디자이너로 성공한 영자 언니는 그 때 명동입구에 양장점을 내고 장안의 멋쟁이들을 불러들여 폐허가 된 가계를 일으켜 세웠다. 자존심이 칼날 같고 질투도 욕심도 유난히 많던 그녀! 아아, 그 미워할 수 없는 우리들의 스칼렛 오하라여!

스칼렛요한손 사랑

스칼렛 오하라*

아름다운 오만

오! 스칼렛

저기!
칸칸마다
방자한 혈기와 아름다운 오만,
결코 미워할 수 없는 배신을 싣고
전쟁戰爭이 온다

칙칙 푹푹

칡뿌리 같은 욕망의 선로를 타고
들끓는 네 피의 레일을 타고
노란 유황연기를 뿜으며

*스칼렛 오하라:바람과 함께 사라지다의 주인공

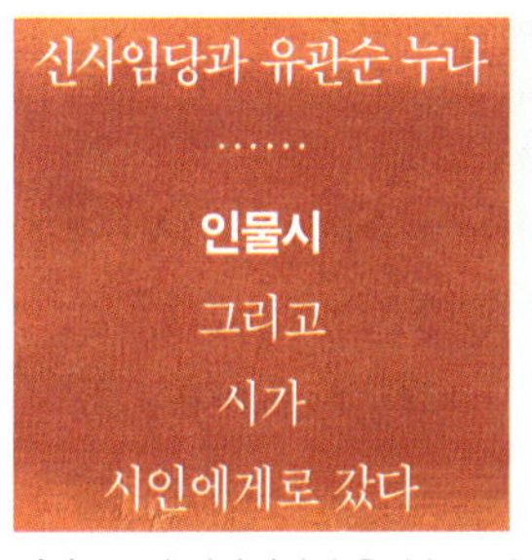

시작 노트 │ 신사임당과 유관순 누나를 이근화가 쓰다

나는 화폐에 위인을 새겨 넣는 일을 이해하기 어렵습니다. 돈은 유용하고 다소 더럽고 또 좋은 것이지만, 아무리 그 안에 위대한 인물을 그려 넣는다 해도 그 돈이 위대한 삶을 가능하게 하는 것 같지는 않습니다. 그래도 백만 원은 아주 큰 돈이고 가난한 우리 들에게 얼마간 미래를 줄 수 있겠지요.

신사임당과 유관순 누나를 생각함

눈 딱 감고 떼먹을까요
백만 원 빚 같은 건
나의 눈빛은 과거로부터 옵니다
구립 도서관에서 일해요

아이들이 우우 뛰어다닙니다
책을 빌려갑니다
백만 원도 모르는 아이들
쓰레기통에는 생수통 커피캔

이틀 동안 먹어치운 것들이 많습니다
박스를 부수고
묶어서 세웁니다 세 시간 동안
다음 주에는 농장에 갑니다

오리를 잡으러
신사임당이 좋을까요
유관순 누나가 좋을까요
새 지폐를 생각하며

일합니다 백만 원 백만 원
금고형 가방 속에 들어갈 만큼
나는 말랐지만
착착 귀가 접히지만

오백 마리 착한 오리들에게
미래를 줄 수 있어요
반대편 벽을 바라보듯
오리목을 칩니다

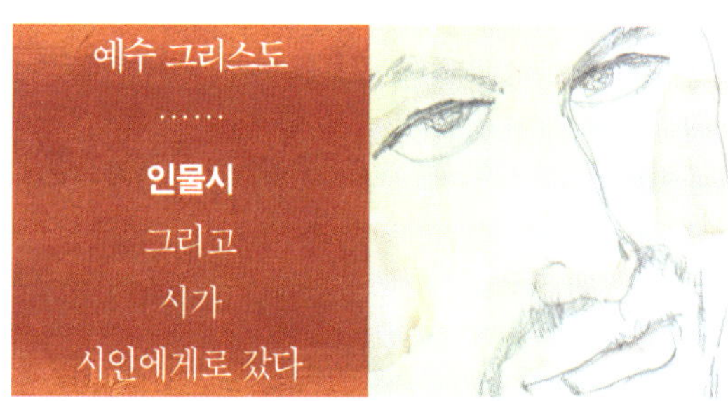

시작 노트 | 예수 그리스도를 이승하가 쓰다

예수 그리스도는 기원 30년 4월 7일 정오 무렵에 십자가형을 당했다. 십자가에 매달린 예수가 한 말 "엘리 엘리 라마 사박다니?(하느님이여 하느님이여 왜 나를 버리시나이까?)"가 나의 심금을 울린다. 그의 인간적 고뇌가 감동을 준다. 예수는 오후 3시경에 "아버지여, 내 영혼을 아버지 손에 맡기나이다."라고 외쳤다. 고통과 절망 속에서 "다 이루었다."고 말한 뒤에 숨을 거두었다. 이런 죽음의 과정이 예수를 우러러보게 한다.

가난한 예수

예수 그리스도

한 사람을 용서할 수 없어
술에 취해 밤거리를 헤맬 때
나를 용서하려 애쓰는 이가 어딘가에 있음을
안다네 그를 나는
'거룩한 예수'라고 부르지
간음한 여자를 용서하면서
남을 용서할 줄 알아야
자기도 용서받을 수 있다고 했던
근엄한 예수
나 지금도 짱돌을 들고 있는데 말야

분노에 휩싸여
잠 못 이루며 뒤척일 때
나를 용서하려 애쓰는 이가 어딘가에 있음을
안다네 그를 나는
'가련한 예수'라고 부르지
죽음의 순간이 다가오고 있음을 직감하고
아버지의 뜻에 어긋나는 일이 아니라면
이 잔을 거두어달라고 했던
나약한 예수

나는 왜 가련하고 나약한 예수가
거룩한 예수보다 마음에 드는 것일까

시작 노트 | 오규원을 김성춘이 쓰다

오규원, 그가 꽃 피는 이 세상을 떠난 지 벌써 1년이 지났나보다
얼마 전 그의 제자들한테서 〈오규원 시인 1주기 추모행사〉 안내
장이 왔다
오규원이란 존재는 이제 보이지 않는다 그가 남긴 투명한 글들
만 남았다
어디로 갔을까? 그는, 강화도 전등사 그 큰 소나무는 알고 있을까?
갑자기 전등사 숲 길 '오규원 나무'가 달려 온다 그 겨울 솔바람
소리 솨아아 지나? 간다. 오늘,
가슴 붉은 새 한 마리 경주 나의 집 소나무 가지에 앉아 울고.

오규원

모든 사물은, 자연은, 그 자신으로써 하나의 세계이며
말이다. 그대로 정직하게 옮겨만 놓아도 그 속에 엄청난
생의 메타포가 들어 있다

— 오규원

1.
시인은 맨살의 언어를 만졌다
죽음의 순간이 덮칠 때 까지
손톱 끝으로 제자의 손바닥에 시를 파고 또 팠다
-불타는 오후다
더 잃을 것이 없는 오후다*

시에는 아무것도 없다
조금도 근사하지 않은 우리의 生밖에 없다*
제발 내 시 속으로 와서 머리를 들이 밀고
무엇인가를 찾지 마라 내가 의도적으로 숨긴 것은 없다
*

나는 언어 최후의 마을, 그 영원한 주민이기를 희망 할
뿐*
인간이 짠 허위의 옷 벗기며

'살아있는 이미지 詩'로 내 삶을 정직하게 기록 할 뿐

내 집의 단골손님은 폴 세잔과 조주 선사
새와 나무와 새똥 그리고 돌멩이*
그리고 生 앞에 맨 얼굴로 '그냥 있는'
頭頭物物 물물두두

2.
80년대 봄 서울예술전문대학 시창작 교실
언어의 군더더기는 버릴 것!
모든 非文도 버릴 것!
합평회 마치고 쐬주 집으로 몰려가는 학생들
시 공부 하겠다는 '미친 제자' 들과 함께 라면 씹고 있는
시인*

90년대 초 운명적인 만성폐쇄성폐질환
강원도 영월군 무릉리 강둑 외딴 집
경기도 서종면 서후리 자귀나무 분홍꽃 근처 까지
바람 부는 오후 내내
가슴이 붉은 딱새 한 마리 울지 않고 지나갔다*

2007.2. 2 오후 5시 10분
겨울바람 매서운 신촌 세브란스병원 9층 중환자실
선생님 돌아 가셨어요……젖은 전화 한 통
맨살의 頭頭物物 그 심연에서
걸어 나오던 무지개, 어디로 갔을까
詩人이여 오늘
허공의 새 한 마리 다시 허공이 되고
지는 해가 잠깐 눈부셨다*

*시 제목:김동원의 산문 「세상에 그가 그득하다」(『시와 반시』, 2007, 가을
  호)에서 인용
*표 차례대로 오규원의 유고시 「용산에서」, 오규원 「날이미지시에 관하여」
  최정례, 『시와 반시』, 2007 가을호, 139쪽, 「프란츠 카프카」, 오규원 산문
  집 제목『새가 울지 않고 지나 갔다』中에서 인용

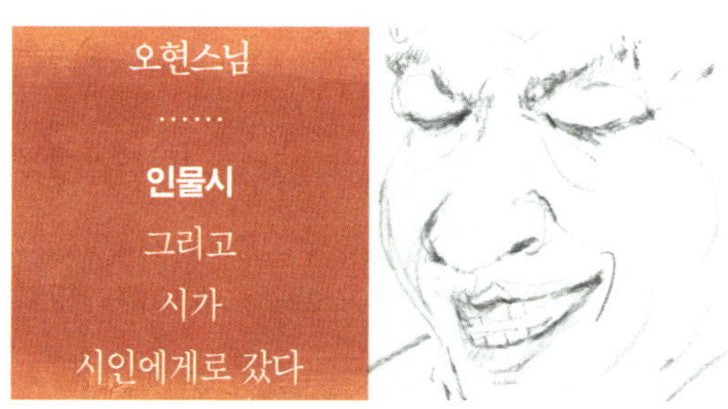

시작 노트 | 오현스님을 홍사성이 쓰다

옛사람이 이르기를 '옥은 불로 가려내고, 금은 돌로 알아내며, 칼날은 터럭으로 시험하고, 강물의 깊이는 지팡이로 재어보고, 귀신은 재를 깔아 찾아내고, 바람은 연을 띄워 알아본다'고 했다. 그러나 이런 자ㅅ 말고, 다른 자를 들이대야 할 사람도 있다.

오현스님

썩고 썩어서 더 썩을 게 없는
그래도 날마다 썩어가는 갯벌이 보인다
검은 파도 흰 파도 밤낮없이 몰려와
아우성치며 몸 비벼대면
슬쩍 옷섶 열어 속살 내주는 늙은 주모 같은

하늘 땅 갈라지기 전부터
세상 싸돌아다닌 바람난 바람소리가 들린다
볕 좋은 날 바위에 앉아 이나 잡으며
이겨도 지는 척 져도 이기는 척
맛없는 차 끓여놓고 빙긋 웃는 영감쟁이 같은

속은 진작 다 죽고 껍데기만 겨우 살아있는
한 만년쯤 된 고목나무 냄새가 난다
죽었는지 살았는지 궁금해 문 열어보면
빈방의 먼지처럼 혼자 남아
오래된 슬픔 훅 끼치는 털 빠진 짐승 같은

아는 것도 아는 게 아니다
앞이 안 보여 돌아서면 더욱 자욱해지는

설악산 안개처럼 아득하다

강인한

1944년 전북 정읍 출생. 전북대 국문과 졸업. 1967년 『조선일보』 신춘문예 당선으로 등단. 시집 『이상기후』 『불꽃』 『전라도 시인』 『우리나라 날씨』 『칼레의 시민들』 『황홀한 물살』 『푸른 심연』, 시선집 『어린 신에게』, 시비평집 『시를 찾는 그대에게』가 있음. 37년간 중고교에서 교편을 잡다가 2004년 2월 명예퇴직. 격월간 『시를 사랑하는 사람들』 공동 주간.

고운기

1961년 전남 보성 출생. 1983년 『동아일보』 신춘문예로 등단. 시집으로 『밀물 드는 가을 저녁 무렵』 『나는 이 거리의 문법을 모른다』 등이 있음. 『시힘』 동인. 현재 메이지대학 문학부 객원교수로 도쿄에 체류중.

곽효환

1967년 출생. 시인. 대산문화재단 사무국장. 고려대학교 대학원 문학박사. 1996년 『세계일보』에 「벽화 속의 고양이 3」 발표, 2002년 『시평』을 통해 「수락산」 외 5편을 발표하며 작품활동 시작. 시집 『인디오 여인』 등.

구회남

1957년 인천 강화 출생. 2006년 봄 『문학나무』 수필과 2006년 가을 『리토피아』 시 당선으로 등단.

김성춘

1974년 『심상』 첫 신인상 데뷔(박목월 박남수 김종길 추천). 시집 『방어진 시편』 외 다수. (현) 울산대 평생교육원 시창작과 출강. 〈동리목월 문학관〉 교학처장.

김종섭

1983년 『월간문학』 신인상 당선으로 등단. 시집으로 『환상조』 『다시 태어나기』 『살아있는 것의 슬픔 또는 기쁨』 『푸른 하늘을 쪼아대는 새』 『섬은 멀리 누워』 『부서지는 아름다움』 『반짝이는 갈증』 『바람의 집』 『내가 길이 없으면』 등이 있다. 현재 강구중 · 정보고등학교 교장, 경북문인협회 회장을 맡고 있다.

박남희

경기도 고양 출생. 1996년 『경인일보』, 1997년 『서울신문』 신춘문예 시 당선. 시집 『폐차장 근처』 『이불 속의 쥐』, 평론집 『존재와 거울의 시학』이 있음.

박세현

1983년 『문예중앙』으로 등단. 시집 『사경을 헤매다』 『치악산』 『정선아리랑』 『길 찾기』 『오늘 문득 나를 바꾸고 싶다』 『꿈꾸지 않는 자의 행복』과 산문집 『설렘』. 현재, 상지영서대학 교수.

반칠환

충북 청주 출생. 중앙대학교 문예창작학과 졸업. 1992년 『동아일보』 신춘문예 당선. 1999년 대산문화재단 시부문 창작지원 수혜. 2002년 서라벌 문학상 수상. 시집 『뜰채로 죽은 별을 건지는 사랑』 『웃음의 힘』, 시선집 『누나야』, 시평집 『내게 가장 가까운 신, 당신』, 장편동화 『하늘궁전의 비밀』 『지킴이는 뭘 지키지?』 등. 인터뷰집 『책, 세상을 훔치다』.

서상영

1993년 『문예중앙』으로 등단. 시집 『꽃과 숨기장난』.

서영수

서라벌예술대학교 문예창작과 졸업. 1959년 『영남일보』, 1964년 『세계일보』 신춘문예 당선. 『현대시학』 박목월 추천 등단. 시집 『낮달』 『동전시초』 등 다수. 경북문화상 · 한국예술문화상 수상. (전)경북문인협회장. (현)한국문협 고문.

손진은

1960년 경북 안강 출생. 경북대학교 국문과 및 동 대학원 졸업. 1987년 『동아일보』 신춘문예 시 당선으로 등단. 시집 『두 힘이 숲을 설레게 한다』 『눈먼 새를 다른 세상으로 풀어놓다』, 이론서 『서정주 시의 시간과 미학』 『현대시의 미적 인식과 형상화 방식 연구』 외. 현 경주대 문창과 교수.

신달자

『현대문학』 등단. 명지전문대학 문예창작과 교수. 시집 『오래 말하는 사이』 『열애』 『어머니, 그 삐뚤삐뚤한 글씨』 등 상재.

오세영

전남 영광 출생. 서울대학교 문리과대학 졸업. 동 대학 문학박사, 현재 서울대 명예 교수, 미국 버클리대 및 체코 찰스대 방문교수, 아이오아대학교 국제 창작프로그램 참여. 1965-68년 『현대문학』 추천으로 등단. 시집으로 『시간의 뗏목』 『봄은 전쟁처럼』 『문열어라 하늘아』 『무명연시』 『사랑의 저쪽』 등. 학술서로 『20세기 한국시 연구』 『상상력과 논리』 『우상의 눈물』 『한국현대시 분석적 읽기』 『문학과 그 이해』 등. 소월시문학상 · 정지용문학상 · 만해상 문학부문 대상 · 시협상 등 수상.

유안진

1965년 『현대문학』 추천으로 등단. 첫 시집 『달하』를 비롯하여 『누이』 『봄비 한 주머니』 『다보탑을 줍다』 등 12권의 신작 시집과 『빈 가슴을 채울 한 마디 말』 등 12권의 시선집 상재.

이경림

1989년 『문학과 비평』으로 등단. 시집 『토씨찾기』 『그곳에도 사거리는 있다』 『시절 하나 온다, 잡아먹자』 『상자들』. 시산문집 『나만 아는 정원이 있다』.

이근화

1976년 서울 출생. 2004년 『현대문학』으로 등단. 2006년 시집 『칸트의 동물원』.

이승하

1960년 경북 의성에서 태어났고 중앙대학교 문예창작학과와 동 대학원 박사 과정을 마쳤다. 1996년 중앙대학에서 「한국 현대시에 나타난 풍자성 연구」로 박사 학위를 받았다. 1984년 『중앙일보』 신춘문예에 시가 당선되어 등단하였다. 주요 저서로 『한국의 현대시와 풍자의 미학』, 『생명 옹호와 영원 회귀의 시학』 등이 있다. 대한민국문학상 신인상과 지훈문학상, 중앙문학상 등을 수상했으며, 현재 『문학나무』, 『시로 여는 세상』 편집위원. 중앙대학교 문예창작학과 교수로 재직 중이다.

이원규

1962년 경북 문경 출생. 1989년 『실천문학』으로 등단. 시집 『옛 애인의 집』 『돌아보면 그가 있다』 『빨치산 편지』 등을 펴냈으며, 신동엽창작상, 평화인권문학상을 수상했다. 순천대 문예창작과 및 실상사 작은학교 강사.

이윤설

2006년 『조선일보』 『세계일보』 신춘문예 당선.

장석남

1965년 인천 출생. 1987년 『경향신문』 신춘문예로 등단. 시집 『미소는, 어디로 가시려는가』 등. 현재 한양여대 문창과 교수.

장석주

1955년 충남 논산 출생. 1979년 『조선일보』와 『동아일보』 신춘문예에 시와 문학평론이 당선되어 문단에 나옴. 20세기 『한국문학의 탐험』(전5권) 등을 포함하여 시집. 평론집. 장편소설 등 50여 권의 책을 썼음. 현재는 『뉴스메이커』 『현대시학』 『숲』 『안성신문』 등에 글을 쓰며 경기도 안성에서 살고 있음. 국악방송에서(매일 생방송) 「장석주의 문화사랑방」 프로그램 진행자로 활동하고 있음.

정숙자

1988년 『문학정신』으로 등단. 시집 『감성채집기』 『정읍사의 달밤처럼』 『열매보다 강한 잎』 등이 있음.

정일근

1984년 『실천문학』과 1985년 『한국일보』 신춘문예로 등단. 시집 『바다가 보이는 교실』 『유배지에서 보내는 정약용의 편지』 『그리운 곳으로 돌아보라』 『처용의

도시』, 『경주남산』, 『누구도 마침표를 찍지 못한다』, 『마당으로 출근하는 시인』, 『오른
손잡이의 슬픔』, 『착하게 낡은 것의 영혼』 등. 『경향신문』, 『문화일보』 기자 지냄.

차승호

충남 당진 출생. 2004년 『문학마당』 신인상 수상. 시집 『즐거운 사진사』, 『들판과
마주서다』.

한우진

충북 충주 출생. 2005년 『시인세계』 신인상으로 등단.

홍사성

2007년 『시와 시학』으로 등단.

황충상

전남 강진 출생. 서라벌예대 문창과 졸업. 1981년 『한국일보』 신춘문예에 소설
「무색계」 당선. 소설집 『뼈 있는 여자』, 장편소설 『뼈 없는 여자』 등 상재. 현재
경기대학·한국사이버대 문창과 겸임교수.